I0680154

MES LOISIRS

ODES SACRÉES

Faisant suite à la 2ᵉ édition des Poésies Chrétiennes

PAR

Alphonse JOUVEN

(Non uno mea cecidit ictu fides.)

L'homme est un apprenti... La douleur est son maître
Et nul ne se connaît tant qu'il n'a pas souffert !

Prix : 2 Francs.

MARSEILLE

IMPRIMERIE COMMERCIALE J. DOUCET, RUE VENTURE, 10

—

1868

MES LOISIRS

ODES SACRÉES

Faisant suite à la 2ᵉ édition des Poësies Chrétiennes.

PAR

Alphonse JOUVEN

(Non una mea cecidit ictu fides.)

L'homme est un apprenti!... la douleur est son maître,
Et nul ne se connaît tant qu'il n'a pas souffert !

MARSEILLE

IMPRIMERIE COMMERCIALE F. CANQUOIN, RUE VENTURE, 10

—

1868

AVERTISSEMENT

Avant 1866 je ne m'étais jamais occupé de poésie.

Le 4 septembre 1865 j'eus le choléra. Le mal fut d'une violence extrême et dut altérer ou influencer sur quelques-uns des organes de mon cerveau. De suite, dès ma convalescence, je me sentis un penchant à faire des vers, quoique je ne m'en fusse jamais occupé. Depuis cette époque, je m'y sens porté, comme par instinct, toutes les fois que mes occupations me le permettent, sans négliger mon travail.

Les premiers jours de janvier 1866, je publiais un opuscule qui reçut un accueil très-bienveillant.

En juillet 1866, je publiais un volume de 300 pages, qui fut aussi plus flatté qu'il ne le méritait, et qui me valut la lettre suivante d'une des gloires les plus pures de l'épiscopat français, et, sur ma demande, Son Éminence Monseigneur le cardinal Donnet, archevêque de Bordeaux, a daigné en autoriser l'impression.

En voici la copie :

MONSIEUR JOUVEN,

Je souscris, bien volontiers, pour douze exemplaires de vos *Poésies chrétiennes*. L'ouvrier honnête et religieux a toujours eu mes sympathies. Votre œuvre est pleine d'élan, de cœur, de sentiments nobles et généreux.

Votre plume est inexpérimentée, dites-vous ? Qu'importe ! le fond est excellent et digne de louanges.

Votre dévoué,

† FERDINAND, cardinal DONNET,
Archevêque de Bordeaux.

Depuis la fin de l'année 1866, j'ai traduit tous les psaumes de David, etc., etc. J'en donne un échantillon, par quelques-uns, détachés, pris au hasard, et plus tard je ne désespère pas d'éditer les autres. Puissent mes lecteurs me conserver cette double bienveillance dont ils m'ont honoré en 1866.

ALPHONSE JOUVEN.

Marseille, 29 septembre 1868.

PRÉFACE

Il est bien plus utile de toucher le cœur que de plaire à l'esprit, quand on veut engager l'homme dans le sentier de la vertu.

C'est ce que Dieu s'est proposé dans l'Écriture sainte.

C'est donc dans ses oracles que l'on doit chercher la connaissance des besoins de l'âme et y puiser les remèdes nécessaires.

Mais nous devons, comme saint Augustin, avouer que les psaumes sacrés renferment tout ce que l'esprit de Dieu a répandu dans le reste des saintes Écritures.

L'on trouve dans les psaumes, un éloge continuel de la loi de Dieu : ils engagent l'homme à l'obéissance de ses commandements, en ne cessant de lui mettre sous les yeux, le *néant* des grandeurs et des richesses d'ici bas, qui, seulement, enchantent les sens et corrompent le cœur.

Le pécheur trouve, dans cette sainte lecture, le chemin du repentir.

Le juste, le désir de la perfection.

Celui qui languit dans la tiédeur, est tiré de son indolence par l'esprit de ferveur qui règne dans ces Hymnes sacrés.

Le dérèglement des passions trouve, dans ces divins cantiques, une digue qui en arrête l'impétuosité et le scandale.

La douceur de leurs accents, mêlée avec les transports du cœur, unit, par des liens sacrés, la créature avec le Créateur.

Ces saints cantiques inspirent l'amour de la modestie et de la continence ; ils donnent la haine contre l'orgueil et contre la jalousie; ils inspirent aux hommes et fortifient, en eux les mouvements divins de la charité, cette vertu *céleste* que l'on doit avec raison appeler le *trésor d'un bon chrétien.*

Enfin l'on peut dire de tous les psaumes en général, et presque de chacun en particulier, que c'est un composé de prophéties, de louanges, de prières et de préceptes, et que le Saint-Esprit a souvent réuni ces quatre qualités dans un seul et même verset.

Il y aurait encore beaucoup de choses vraies et divines à dire et à ajouter à cette courte et indigne préface, mais tâchons d'élever à Dieu le cœur et l'esprit de ceux qui daigneront lire cet ouvrage, en nous efforçant d'imiter l'esprit du texte, autant que sa douce, divine et touchante simplicité, et surtout en nous efforçant de conserver, autant que possible, l'esprit même du texte.

Puissent mes lecteurs me conserver le bon accueil et l'indulgence qu'ils ont eus pour les deux premières éditions de mes *Poésies Chrétiennes.*

Mais l'audace interroge et le travail répond!

Alphonse JOUVEN.

Marseille, le 29 septembre 1868.

LES MOINEAUX DES TUILERIES

ODE DÉDIÉE A Mgr LE PRINCE IMPÉRIAL

PROLOGUE

> Un rameau de lauriers séduit mieux mes regards
> Qu'un blason décrépit qu'il faut teindre de fards.

Jeune prince !... permets, que sans voix et sans lyre,
Je fredonne cet air sur de frêles roseaux !
Incapable à chanter les hauts faits de l'empire,
Je dirai simplement le sort de tes moineaux.

Dans sa simplicité, ma musette champêtre
Ne saurait s'élever jusqu'aux voûtes des cieux.
Bien fier, si les moineaux, volant sur ta fenêtre,
Par moi te pépiaient de leur destin joyeux !

Non, je ne prétends pas, m'élevant dans l'espace,
Sur un ton pindarique encenser tes grandeurs :
Je crains de m'enrayer dans une sotte impasse
En disant seulement tes moineaux et tes fleurs.

AUX MOINEAUX

O vous, dont la douce ivresse
N'altère pas les amours;
Vous, qu'un bon prince caresse
Et qu'il protége toujours;
Moineaux au simple plumage,
Loin des ennuis d'une cage,
Sans cesse dans la gaîté,
Dans des jardins pleins de charmes
Vous vivez, exempts d'alarmes,
Protégés par sa bonté!

Sur un vrai lit de procuste
Je n'ai plus de lendemain,
A vous, une main auguste
Donne une mie de pain;
Et, chaque jour, sa tendresse
Renouvelant sa largesse,
Vous ne vivez que par lui;
Vous sautez sur la pelouse,
Et tel père vous jalouse
Ce noble et puissant appui.

Vivez avec gratitude
Dans vos séjours d'agrément,
Nul à votre quiétude
Attenterait vainement.
Cette main douce et puissante,
Et sans cesse caressante

Vous protégeant chaque jour!
Si des causes passagères!....
Si des hordes étrangères!.....
Prodiguez-lui votre amour.

Si l'auteur de la nature
Dont nul connaît le secret,
Loin de la mince pâture
Des oiseaux de la forêt
Vous veut, et, par préférence,
Sur tous les moineaux de France,
Dans ce lieu prédestiné.
De Dieu, le prince est l'image,
Et vous lui devez hommage
De votre sort fortuné.

Des moineaux de votre espèce,
Vous, rois dans ces beaux jardins!
Tout un peuple vous caresse :
Bonnes, enfants, citadins.
Que de fleurs à peine écloses!
Le jasmin, l'iris, les roses
Vous prodiguent leurs parfums,
Giroflées, amarantes,
Le lys, l'œillet; que de plantes!
Dans vos jardins sont communs.

Combien d'orangers superbes
Vous parfument de leurs fleurs!
Là, mille bouquets en gerbes
Ravissent par leurs fraîcheurs :
Chaque jour des mélodies,
Les plus douces symphonies,

Les plus suaves concerts.
Dans votre réjouissance
Courez, sautez en cadence
Et voltigez dans les airs.

Que de princes, en ce monde,
Moins bien partagés que vous ;
Dans vos jardins tout abonde
Et suscite des jaloux.
Un beau fleuve, au doux murmure,
Caressant une onde pure
Vous prête un heureux concours.
L'Océan par ses navires
Fait prôner à cent empires
Ce beau site et vos amours.

Partout la terre est jonchée
De fruits, de tendres gâteaux ;
Concourez à leur nichée,
Tilleuls prêtez vos rameaux.
Grand Dieu ! quelle heureuse chance !
Toujours la paix, l'abondance,
Toujours de nouveaux bonheurs !
Prouvez, par l'exactitude
D'une vive gratitude,
Le feu sacré de vos cœurs.

A quelques vols de distance
Des plus nobles monuments,
Vous pouvez, avec dispense,
Les visiter par moments ;
Du Louvre, des Tuileries,
De leurs riches galeries

Les heureux usufruitiers.
Sur l'immortelle colonne
Du favori de Bellonne
Vous caressez les lauriers.

Bien plus heureux que ma lyre
Vous pouvez tous, chaque jour,
Près ce temple que j'admire,
Sanctifié par l'amour,
Contempler une bergère
Consacrant par la prière
Le triomphe de la croix;
Voir cet Attila terrible
Qui, jusqu'alors, invincible,
Dut se soumettre à sa voix.

Les débris de nos phalanges,
Dans un palais radieux;
Où Dieu garde avec ses anges
Nos trophées glorieux;
Sous ses voûtes éternelles
Les reliques immortelles
Du Créateur de nos lois.
. . . .
Mort!... tu résous le problême
De l'étonnant diadème
Qui fit trembler tant de rois!...

Contempler l'heureux contraste
D'un lieu de captivité;
Sur ce lieu, jadis néfaste,
A la saine liberté.

J'entends votre symphonie
Sur la tête du Génie
Qui s'envole dans les cieux
Proclamer avec ivresse
Le triomphe et la noblesse
Du peuple victorieux.

Vous fréquentez la demeure,
Le palais de nos élus,
Où, sans permis, à toute heure,
Vous êtes les bienvenus.
Des Génies de la France
Vous admirez l'éloquence
Dont retentissent leurs voix.
Là, le prince qui gouverne
Tel qu'un Moïse moderne
Leur fait admettre ses lois.

Ce palais!..... cet assemblage
De tant d'illustrations ;
Nobles débris de l'orage
De bien d'agitations.
De fiers enfants de Neptune
Y partagent leur fortune
Avec des pontifes saints.
Dans ce temple où tout rayonne,
Les plus beaux fils de Bellonne
Y confondent leurs essaims.

Jusqu'à l'Institut de France
Je vous entends pépier ;
Là, les foudres d'éloquence
N'osent vous contrarier.

Sans briguer aucun suffrage.
Exempts de tout balotage
Pour obtenir un fauteuil.
A vous nulles déchéances,
Même aux plus nobles séances
Vous recevez bon accueil.

Sur le char de l'Espérance
Je vous voyais voltiger;
Vous compreniez la souffrance
Qu'un grand cœur fut soulager.
Vos pépies pathétiques
Prouvèrent aux cholériques
Qu'on pleurait de leurs douleurs;
Vous suiviez la main puissante,
Cette âme compâtissante
Qui vint essuyer leurs pleurs.

Mais la voix d'un grand Génie
Retentit dans l'univers
Et préside à l'harmonie
De mille peuples divers.
A cette voix si féconde
Les cinq parties du monde
Etalent leurs beaux produits.
Plus heureux que nous ne sommes,
Sans permis, et sans diplômes,
Vous voltigez jours et nuits.

Sur vos palais magnifiques
Du monde l'étonnement,
Mille génies magiques
En complètent l'ornement.

Mais devant tant de merveilles,
Tant de gloires sans pareilles,
Que sert-il de caqueter?
Ma lyre perdant sa fibre
Votre allure devient libre,
Je cesse, alors, de chanter.

COMMENTAIRE

Toutes les plantes désignées dans cette pièce l'ont été par rapport à leurs qualités symboliques.

Le jasmin des Indes :	est le symbole de l'amabilité ;
Le jasmin jaune :	celui du bonheur ;
L'œillet blanc :	celui de la fidélité ;
L'œillet ponceau :	celui de l'amour ardent ;
La rose des quatre saisons :	celui de la beauté (toujours nouvelle) ;
La rose aux cent feuilles..........	celui des grâces ;
La rose première :	celui de la fécondité ;
La rose capucine :	celui de l'éclat ;
La rose blanche :	celui de l'innocence ;
La rose pompon :	celui de la gentillesse ;
La giroflée des jardins :	celui d'une beauté durable, du bonheur, de la sympathie ;
L'amarante :	celui de la constance et de la conciliation
Le lys :	celui de la grandeur et de la majesté ;
L'iris :	celui de l'éloquence ;
La fleur d'oranger :	celui de la douceur, de la virginité.
Le tilleul :	est l'emblème de l'amour conjugal, la beauté, la grâce, la simplicité, une douceur extrême, un luxe innocent. Tels seront toujours les attributs d'une tendre et sage épouse.

Toutes ces qualités se trouvent réunies dans le tilleul, qui se couvre, à chaque printemps, d'une si douce verdure, qui répand de si agréables odeurs, qui prodigue aux abeilles le miel de ses fleurs, et aux mères de famille, les flexibles rameaux dont elles savent faire de si jolis ouvrages.

L'océan par ses navires,

Allusion aux navires qui, de la Seine, vont jusqu'à Londres, et font ainsi acte de navigation sur l'Océan.

**Sur le char de l'Espérance
Je vous voyais voltiger.**

Lisez dans mes *Poésies Chrétiennes*, page 35, *Le Char de l'Espérance et le Char de la Charité*, ou *S. M. Napoléon III au chevet des cholériques*.

ÉLÉGIE

Mlle MARGUERITE DELEUIL-MARTINY, D'UNE DES PLUS
HONORABLES FAMILLES DE MARSEILLE,
MORTE EN 1867, A MARSEILLE, A L'AGE DE 16 ANS.

LA MÈRE au moment du trépas

Ma fille !.,.. Quel moment !.... Quelle épreuve terrible !....
Un sourire !.... Un regard !.... Nous serions consolés !....
Elle ne répond plus !.... Providence inflexible
Pour la seconde fois tu nous a désolés !.... (1)

Mes sincères soupirs. et mes tristes accents
Ne t'appelleront plus que d'une voix plaintive !....
Chaque)our devant moi, ton ombre fugitive,
Belle !.... reparaitra pour caresser mes sens.

(1) Madame Martiny venait de voir mourir sa mere.

LA GARDE MALADE à la Mère de la jeune Vierge :

Sur le chevet glacé de l'ange que tu pleures
Pauvre mère, pourquoi cette vive douleur ?..
Ta fille, dont les cieux avaient compté les heures
Dans le sein du Très-Haut s'enivre de bonheur.

Elle s'est envolée au milieu de deux vierges
Son bon ange gardien la guidant de ses mains,
Et tous les séraphins l'éclairant par des cierges
Allaient la présenter au père des humains.

Enivrée d'amour, radieuse de gloire
Marguerite triomphe, et déjà dans les cieux
Les filles de Sion, sur un char de victoire,
La fêtent, aujourd'hui, par mille chants joyeux.

Priez, ne pleurez plus, parents inconsolables !...
Votre fille vous dit : Pourquoi pleurer mon sort ?
J'éprouve, devant Dieu, des grâces délectables ;
J'ai franchi tous écueils, j'entre au céleste port.

ODE

Jusques à quand, dans ma souffrance,
Seigneur, devez-vous m'oublier ?
A votre amour, votre assistance
Ne dois-je plus me confier ?
Ah ! jusques à quand votre face
Doit-elle, comme une menace,
Se détourner ainsi de moi ?
Et toujours troublé dans mon âme
Ne pourrai-je éteindre la flamme
Qui me consume dans l'effroi ?

Jusques à quand dans sa superbe
Verrai-je un ennemi jaloux,
Tel qu'un pâtre foule un brin d'herbe
Me menacer de son courroux ?
Puisse votre oreille attentive
Entendre ma douleur plaintive,
Et mes tristes gémissements !
Qu'un jour votre grâce m'accorde
Un regard de miséricorde
Et la fin de tous mes tourments !..

Qu'un rayon de votre lumière
Vienne enfin dessiller mes yeux !...
Touché de mon humble prière,
Donnez-moi des jours plus joyeux !
Faut-il qu'un ennemi terrible
Et d'un caractère irascible
Puisse dire : j'ai prévalu ?
Rassuré par votre clémence,
Je redouble de confiance
Avec un esprit résolu.

Mais je surmonte ma faiblesse
Dans l'attente de mon sauveur !
Mon cœur tressaille d'allégresse
Et d'espérance et de bonheur !
Par des hymnes, par des cantiques
Et des plus caractéristiques,
Imitant le fils d'Israël,
Je chanterai ma délivrance,
Et ma vive reconnaissance
Et mon amour pour l'Eternel.

ODE

TIRÉE DU PSAUME CIII.

Exalte-toi, mon âme, à bénir le Seigneur !
Fais un suprême effort, malgré ton impuissance
Pour chanter, dignement, et sa magnificence
   Et son pouvoir et sa grandeur !

Comme un miroir ardent, l'auréole de gloire
Rehausse de son front l'effet majestueux.
Tout l'éclat du soleil, de ses rayons en feux
De la splendeur de Dieu, ne sont qu'un accessoire.

De votre bras puissant, vous étendez les cieux ;
De ce grand pavillon, ineffable Architecte !
Et les eaux dans les airs ont leur source directe
   Par vos ordres mystérieux.

Sur les ailes des vents, vous parcourez l'espace
Lorsque le juste implore un incessant appui ;
Mais votre bras vengeur s'appesantit sur lui
Lorsque, par son offense, il a perdu la grâce.

A vos ordres divins, ministres attentifs,
Les anges, purs esprits, sont aussi votre ouvrage,
La foudre, les éclairs, et les vents et l'orage
   Sont vos moyens coercitifs.

De ce vaste univers, la base inébranlable
Atteste à notre amour l'ouvrage de vos mains :
Et sa stabilité, vos pouvoirs surhumains
Qu'enseigne à la raison notre foi secourable.

L'Océan renfermé dans son immensité
Voit la fureur des flots expirer sur ses rives.
Mais vous, parlez, Seigneur, et ses ondes captives
    Sortent à votre volonté.

Et si vous l'ordonnez, dans leurs lits retournées
Elles y resteront, soumises à vos lois.
Ou, du tonnerre enfin l'épouventable voix
Les glacera d'effroi, toujours subordonnées.

Par vous, dans l'univers, les monts se sont formés
D'un air majestueux, s'élevant jusqu'aux nues,
Entre, chaque deux monts, des vallées venues
    Et mille ruisseaux animés.

Ces ruisseaux se joignant à d'inombrables sources
En fleuves très-puissants doivent se réunir ;
Mais votre main, Seigneur, saura les contenir
Pour qu'ils ne puissent pas dévier de leurs courses.

Puis, dans certains moments, le pauvre laboureur
Ses organes vaincus, ses forces épuisées,
Y viendra rafraîchir ses fibres embrasées
    Par un bien pénible labeur.

Pour venir effleurer leurs eaux majestueuses
Les oiseaux, tous en corps, abandonnant les champs
Feront retentir l'air de leurs accords touchants
Vouant à vos bienfaits leurs voix mélodieuses.

Pour prouver aux mortels votre immense pouvoir.
Du haut du firmament vous arrosez la terre :
Vous fécondez nos prés ; notre herbe potagère :
   Vos bontés vous font tout prévoir.

La terre doit fournir à notre subsistance ;
Vous voulez, par le vin, pouvoir nous réjouir
Que par l'huile, nos fronts puissent s'épanouir
Et que l'homme ait toujours le pain en abondance.

Les campagnes verront accroître les forêts ;
Et les cèdres plantés par sa main bienfaitrice
Des oiseaux fécondant la ponte créatrice
   Seconderont tous leurs projets.

Au plus haut d'un sapin, la cygogne craquette,
Sur la cime des monts, le cerf s'en va bramer ;
Dans le trou d'un rocher, le lapin s'enfermer :
. . . .
Rien ne se passe ainsi, sans que Dieu le permette.

La lune et le soleil, en divisant les temps
Augmentent vos bienfaits, et les rendent célèbres :
La lune : par l'éclat qui chasse les ténèbres :
   Le soleil, par ses feux ardents.

Le Seigneur a prévu, que pendant la nuit sombre,
Des milliers d'animaux dans les forêts épars,
Devraient, pour se nourrir, chercher de toutes parts,
Sans courir nul danger, mais protégés par l'ombre.

L'on entend, chaque nuit, rugir les lionceaux ;
Furetant, toujours prêts à dévorer leur proie.

Ils demandent que Dieu, lui-même leur envoie
    Quelques brebis, quelques agneaux.

Le soleil apparaît ; chacun dans sa caverne
Retourne rugissant, et cherche à se cacher.
Mais l'homme à son travail se dispose à marcher
Pour vaquer jusqu'au soir à ce qui le concerne.

Que vos œuvres, pour nous, Seigneur, offrent d'attraits
Qui n'admirerait votre haute sagesse !..
Dans tout cet univers, l'on chante avec ivresse
    Votre louange et vos bienfaits.

Votre nom retentit sans cesse à nos oreilles ;
Et si nous contemplons l'immensité des mers,
Ces reptiles nombreux !.. Ces poissons si divers !..
Nos sens admirateurs, confessent vos merveilles.

Car malgré la fureur du liquide élément ;
Malgré l'immensité qui défie la vue,
Ses abîmes profonds, toute son étendue
    Un vaisseau traverse aisément.

Ce dragon furieux, fruit de votre puissance,
De votre volonté ce passif instrument
Des autres animaux deviendra l'aliment ;
Ils pensent par le temps, combler cette espérance.

Et tous ces animaux, aujourd'hui, si repus
Grâces à vos bontés satisfont leur nature :
Si vous leur retirez cette même pature
    De suite, ils n'existeront plus.

L'esprit Saint reviendra pour rajeunir le monde
Et l'univers entier sera renouvelé.
Son immense pouvoir nous étant révélé
Sa gloire jaillira de son œuvre féconde !

Quand enfin, sur la terre, il lance ses regards
Elle en est ébranlée et tremble frémissante,
Et s'il touche les monts, sa main toute puissante
       Les fait craquer de toutes parts.

Pour moi, tant que mon Dieu me laissera la vie,
Je chanterai, toujours, sa gloire et ses bienfaits
Et puisse le Seigneur ne rejeter jamais
L'amour auquel mon cœur sans cesse me convie,

Que la terre, au plus tôt, se purge du pécheur !...
Et que tout crime, enfin, avec lui disparaisse !
. . . .
Toi, dévoilant, alors, tout l'amour qui te presse,
Exalte-toi, mon âme, à bénir le Seigneur !

ODE ÉLÉGIAQUE

TIRÉE DU PSAUME LXXIII

Soupirs des Juifs contre l'absence de leurs prophètes et la dévastation
de leurs temples

Seigneur ! qu'avons-nous fait ?... nous traitez-vous en père ?
Eh pourquoi ! loin de vous, nous rejeter ainsi ?,..
Pourquoi, contre vos fils, cette vive colère ?
Mais pourquoi, contre nous, votre cœur endurci ?.
Oubliez-vous Sion, votre ancienne demeure ?
   Tout ce peuple qui pleure,
   Et demande merci ?..,

Levez-vous, Dieu terrible, armez-vous de la foudre !
Et frappez, sans pitié, ce peuple ravageur !
Que tous ces orgueilleux, enfin réduits en poudre
Eprouvent le pouvoir de votre bras vengeur.
Que ces profanateurs, tous ces vils sacrilèges
   Trébuchent dans les pièges
   Dressés par leur fureur.

De nos temples sacrés, ils brisent les portiques,
Sur nos divins parvis, flottent leurs étendards,
La hâche et le marteau remplacent nos cantiques
Combien d'autres forfaits attristent nos regards !...
De toutes parts l'on voit profaner nos mystères
   Briser vos sanctuaires
   Par haine, et sans égards.

Descendez jusqu'ici, vous verrez le carnage
Qu'ont commis, contre nous, ces monstres furieux !
Déjà trop enhardis !.. pour assouvir leur rage
Ils osent attenter même contre vos cieux !
Ils veulent abolir les jours dus à vos cultes !   .
      Et pour comble d'insultes,
        Ils les suspendent en tous lieux.

Ne reverrons-nous plus l'emblème de nos fêtes ?
Devons-nous renoncer aux secours d'autres fois ?
Pauvre Jérusalem en deuil de tes prophètes ,
Quoi ! n'entendrais-tu plus leurs consolantes voix !
Jusques à quand, Seigneur, serons-nous leurs victimes
      Jusques à quand leurs crimes
        Outrageront-ils vos lois?

Abandonneriez vous, notre juste défense?
N'êtes-vous pas ce Dieu qui vengea nos aïeux !
Ce Dieu puissant et fort qui guida notre enfance
Qui nous soutint toujours aux moments périlleux ?
Au milieu de la mer, vous nous ouvriez passage
      Et vous domptiez la rage
        Du dragon furieux.

De vos enfants, en pleurs, notre adorable père,
Vous seul, fûtes l'espoir; et, seul, l'êtes toujours,
Vous tiriez d'un rocher une source d'eau claire
Pour nous, vous arrêtiez les fleuves de leurs cours,
Dans sa vive clarté, succédant à l'aurore
      Le jour nous prouve encore   .
        Votre puissant concours.

La terre et les saisons sont aussi votre ouvrage
Et cependant, seigneur. cet ennemi jaloux
A dans sa bouche impie, et la haine, et la rage,
Des blasphêmes sans fins, des mépris contre vous;
N'abandonnez donc pas l'indigent qui vous aime
  A la fureur extrême
  D'un terrible courroux.

Levez-vous, à l'instant, défendez votre cause !
Contre vos ennemis assez d'impunité !
Il en est temps, enfin, que le Seigneur s'oppose
D'un bras ferme et vengeur à leur méchanceté,
Que leur orgueil croissant, leurs infâmes blasphêmes
  Se confondent d'eux-mêmes
  Devant sa fermeté.

ODE

TIRÉE DU PSAUME XLI

Tel un cerf, que la soif tourmente,
Cherche pour éteindre son feu,
Une eau claire et rafraîchissante
Son besoin, son unique vœu,
Telle mon âme ne soupire
Que d'obtenir un doux sourire
De ta grâce, Dieu tout puissant,
Seigneur !. sois ma source limpide,
Ma force, mon appui, mon guide,
Mon élixir rafraîchissant.

Nuit et jour, je n'ai que mes larmes
Pour nourrir mon humanité.
Je supporte tous les vacarmes
D'une lâche méchanceté,
Faut-il qu'une frayeur terrible,
Consume (mon âme paisible),
Et d'amertumes et d'effroi ?
Ah ! dans les célestes délices
J'espère oublier mes supplices
Et n'y vivre plus que pour toi !

Là, je chanterai tes cantiques
Au parfum du plus pur encens.
Non, les concerts les plus magiques
N'eurent jamais de tels accents !
Mon âme pourquoi la tristesse
Qui toujours t'agite et te presse,
Pourquoi ce sombre accablement ?
Rejette toute inquiétude,
Espère sans sollicitude,
Peux-tu douter d'un Dieu clément ?

Errant sur la terre étrangère !..,
D'Hermon, des rives du Jourdain,
Je t'adresse une humble prière ;
J'implore l'appui de ta main.
Ah ! prends pitié de mon martyre ;
Car faut-il, Seigneur, te redire
Les maux dont je suis tourmenté ?
Sur moi tombés comme un déluge,
Où puis-je trouver un refuge ? ...
Qu'en toi, Dieu de toute bonté !..

Souvent au lever de l'aurore
Ta grâce vient me réjouir !
A la nuit, d'une voix sonore
J'ose te chanter, te bénir ;
Entends les hymmes, les cantiques,
Les prières, et les suppliques
Que je t'adresse, Dieu puissant !.
Lorsque le méchant dans la rage
Et me persécute, et m'outrage
Délaisserais-tu ton enfant ?..

Et si mes forces m'abandonnent ;
Si mes ennemis enhardis ;
Si dans un piége, ils m'environnent ;
S'ils m'accablent de leurs mépris ;
Si dans une vaine jactance ;
Ils disent avec arrogance ;
Où donc réside ton sauveur ?
Ne désespère pas, mon âme !
Que la foi te guide et t'enflamme !
Dieu sera ton libérateur.

ODE

TIRÉE DU PSAUME CXXXVI

Super flumina Babilonis

Assis, humiliés, sur le bord de tes fleuves,
O cité de Nemrod !... nous versâmes des pleurs !.,.
Au triste souvenir de Sion, de nos veuves,
Nos cœurs ont exhalé leurs immenses douleurs.

Tes saules orgueilleux ont reçu nos armures ;
Nos gardes en étaient lâchement radieux ;
Mais nos lyres, sans voix, écoutaient sans murmures
Leurs conseils, de chanter des airs harmonieux.

Nos vainqueurs, enhardis, ne cessaient de nous dire :
« Recherchez, dans des chants, la consolation. »
Et de vils conducteurs, pour comble de Martyre ;
« Chantez-nous, quelques-uns des hymmes de Sion. »

Exilés et captifs, sur la terre étrangère,
Comment pouvoir chanter ?... pour être leurs jouets ?
Nos cœurs serrés, navrés, à cette épreuve amère
Pour nos dominateurs seront toujours muets.

A toi, Jérusalem, pendant toute ma vie
Je te consacrerai ma lyre et mes amours.
Que mes bras soient moulus, si jamais je t'oublie ?
Que ma langue au palais s'attache pour toujours !

Mais pour vous, ô mon Dieu, gardez-bien souvenance
Des terribles Edem ; de leurs emportements ;
Aux destructeurs, criant avec impertinence
Qu'on détruise Sion jusqu'à ses fondements !..

Je vois s'appesantir, fille de Babylonne ;
Je vois fondre, sur toi, l'implacable courroux ;
Tremble de l'ouragan qui déjà tourbillonne
Tout prêt à t'écraser sous l'effet de ses coups !

Et vous, à nos malheurs, épouses insensibles,
Vous verrez vos enfants arrachés de vos seins !
Ils seront écrasés par des bras inflexibles ;
Vous n'obtiendrez, jamais, aucuns de vos desseins !..

ODE

TIRÉE DU PSAUME CX

O mon Dieu! je suis prêt à chanter tes merveilles
Dont l'écho retentit sans cesse à mes oreilles;
Je veux m'évertuer du profond de mon cœur,
A prôner, chaque jour, au milieu du grand monde,
      Ta miséricorde féconde
      Et ta sagesse et ta grandeur.

Les œuvres du très-haut, brillent comme une étoile;
Son amour infini sans cesse se dévoile,
Dans les prodiges saints, par ses mains enfantés!
Cet Univers créé!.... cette gloire adorable!....
      Dieu puissant !.... inépuisable
      Dans toutes ses bontés!

Tel un grand monument. dans sa magnificence,
Défiant nos regards, vers les nues s'élance ;
Ses prodiges sans fins éblouissent le jour!...
Les cieux!... le firmament !... Divine architecture !...
      Il se donne en nourriture
      Dans le pain de son amour.

A son peuple, toujours, il prouvera sa force,
De sa triple union sans faire le divorce,
Il gardera pour lui l'ineffable pouvoir.
Le juste, de son Dieu recevra l'héritage;
     Par sa justice il est le gage
     De l'amour et du devoir.

De par le Tout-Puissant, fidèle à sa promesse,
Celui qui suit sa loi nagera dans l'ivresse.
En Dieu tout est justice, amour, sincérité;
Son peuple, racheté d'une flamme terrible,
     Jouira d'un bonheur paisible
     Pendant l'éternité.

Seigneur, loin de ton sein, où puiser la sagesse?
Etayé par ta main, il n'est plus de faiblesse :
Celui-là qui craint Dieu doit être rassuré !
En recevant des cieux la lumière pour guide
     Il est, d'une gloire solide.
     A jamais assuré.

ODE

TIRÉE DU CANTIQUE D'EZÉCHIAS.

—————

De mon sang affaibli voyant tarir la source,
Même désespérant de ne jamais guérir
Je m'écriais : A peine au milieu de ma course
    Faut-il déjà mourir !

Considérant ainsi ma triste destinée,
Je méditais, en pleurs, sur la fin de mes jours,
Et je dis : O mon Dieu!.. Vous brisez l'hyménée
    De toutes mes amours,

Je ne vous verrai plus, Seigneur, sur cette terre,
Car vous me retranchez du nombre des vivants ;
Les hommes, mes amis, ne sont qu'une chimère,
    Que des mots décevants !

Semblable à ce berger dont on prend la cabane
Ma maison, mes enfants me furent enlevés ;
Sur mon être, aujourd'hui, l'heure fatale plane
    Mes maux sont aggravés.

De mes fiers ennemis, ce grand nombre qui trame
Ne vise constamment qu'à me faire périr ;
Je semble un tisserand dont on coupe la trame :
    Je m'éteints et je dois mourir.

Tel qu'un lion terrible à la rage mortelle,
Le mal a dévoré mes jours infortunés ;
Et moi, tel qu'un petit que laisse l'hirondelle,
  Je pousse des cris obstinés.

A chaque instant, tournés vers la voûte céleste
Mes yeux sont affaiblis, mais toujours confiants.
Mon Dieu!.. qu'un doux regard de vous se manifeste
  A mes vœux suppliants.

Daignez, daignez répondre au tourment qui m'agite.
. . . .
Hélas! pauvre insensé! que me répondrait-il?
Si j'éprouve des maux, c'est lui qui les suscite,
  Peut-il trancher leur fil?

Je garderai, Seigneur, fidèle souvenance
De mes maux, de mes pleurs et de tous mes tourments ;
Aux pieds de votre amour déposant ma souffrance
  Et mes gémissements!

Dans ce monde trompeur que l'épreuve est amère!
Mais si nous l'acceptons, soumis et confiants,
Mon Dieu, dans votre sein nous trouverons un père
  Accueillant ses enfants!

Car, malgré tous mes torts, votre miséricorde
Au bord du précipice a retenu mes pas ;
Et, prêt de trébucher, votre grâce m'accorde
  Tout l'appui de son bras.

Vous ne permettrez pas que la mort m'épouvante,
Que l'enfer déployant son empire sur moi,
J'endure des tourments que sa fureur augmente
  D'un éternel effroi!

Mais le juste, Seigneur, publiant vos merveilles,
A ses petits enfants apprendra vos bontés;
Il fera retentir à leurs jeunes oreilles
  Vos grandes vérités.

Sur moi daignez jeter un regard de tendresse
M'accordant, à jamais, votre puissant secours;
Dans vos temples j'irai chanter votre sagesse
  Le restant de mes jours.

ODE

TIRÉE DU CANTIQUE DE MOISE.

A ma voix faites silence !
Cieux et terre, écoutez-moi !
Car je veux, par l'évidence,
Surexciter votre foi,
Et, semblable à la rosée
Que Zéphire a déposée
De son souffle bienfaisant,
Que ma voix persuasive
Vous pénètre et vous captive
De ce sujet imposant.

Les œuvres du Très-Haut, dans leur magnificence,
Se distinguent, toujours, par leur grande équité ;
Le pardon et l'amour composent son essence,
La justice est, en Dieu, de toute éternité.

Que fais-tu maudite engeance
Contre un Dieu bon, mais vengeur ?
Est-ce la reconnaissance
Que tu devais au Seigneur ?
Par son amour ineffable
Et sa grâce inépuisable
Il te tira du néant.
Plus il fut un père tendre,
Moins tu voulus le comprendre,
Et plus tu fus mécréant.

Interroge les temps, tous les âges du monde ;
Ecoute tes aïeux quand ils raconteront
Les merveilles sans fin, la sagesse profonde
Du Dieu puissant et fort que leurs luths chanteront.

> Ils te diront sa sagesse
> Divisant les nations :
> Tout Israël dans l'ivresse
> De ses bénédictions :
> De Jacob, l'heureuse race
> Que Dieu divise et qu'il place
> En mille climats divers.
> Cette bonté paternelle
> Qui le retire et l'appelle
> Du plus profond des déserts.

Tel l'aigle les soutient et plane dans l'espace
Pour apprendre le vol à ses petits aiglons,
Tel le Dieu de Jacob dans sa divine grâce
Le soutint, le porta, le combla de ses dons.

> Le Seigneur fut son égide
> Et son unique secours,
> Car lorsque sa main nous guide
> Nous faut-il d'autre concours ?
> Dans un pays très fertile
> Il lui donne un domicile
> Gage d'un bonheur futur ;
> La pierre en miel s'y condense ;
> L'huile y sort en abondance
> Même du roc le plus dur.

Les brebis, les agneaux regorgent de pâture !
Il voit multiplier ses immenses troupeaux :
Un beurre, toujours frais, flatte sa nourriture
Il a des vins exquis, du froment, des chevreaux.

Cette abondance l'enivre
Il croit, malgré son auteur,
De soi-même agir et vivre
Oubliant son bienfaiteur.
Par mille vaines idoles
Dont il a fait ses symbôles
Prouvant son impiété ;
Dans cette conduite impie,
Son bienfaiteur qu'il oublie
Lui retire sa bonté.

Reniant ton vrai Dieu, pour de vaines chimères
L'image des démons profane ton autel :
Divinités d'emprunt, qu'ignorèrent tes pères
Qui ne sacrifiaient, jamais, qu'à l'éternel !

Mais ce Dieu qu'il abandonne
Fut, pourtant, son créateur :
Pense-t-il qu'il lui pardonne
Cet acte blasphémateur !
Les plus secrètes pensées
Par lui sont toujours percées
Malgré leurs plis et replis,
Vienne le moment suprême
Ni feinte, ni stratagème
Ne cacheront ce mépris.

Le Seigneur irrité dévoilant sa puissance
D'un signe, d'un regard pourra t'anéantir.
Ou, d'un vil étranger suscitant la vengeance
Sur toi, le bras vengeur, viendra s'appesantir.

Car le feu de sa colère
Embrasant l'immensité
Consumera sur la terre
Tous les dons de sa bonté.
Les montagnes renversées,
Les semences dispersées,
Attesteront son pouvoir ;
Je vois ses flêches terribles
Et leurs pointes homicides
Sur toi, sans cesse, pleuvoir

La faim refusera ses droits à la nature
Les oiseaux carnassiers déchireront ton sein
Des serpents vénimeux, la terrible morsure
Sur toi déposera, la rage et le venin.

Vois l'épée qui se dresse
Que rien ne peut émousser,
De sa lame vengeresse
Sans cesse te menacer,
Pour assouvir ma vengeance
contre ta maudite engeance
J'éguiserai tous mes dards.
Non !... ni la vierge docile,
Ni le plus jeune pupile
N'obtiendront plus mes regards.

Où donc se cachent-ils ?... qu'ils relèvent la tête !
Je n'en veux pas garder le moindre souvenir !...
Et si j'ai différé l'éclat de ma tempête
C'est, qu'ils ne m'ont pas cru si prêts à les punir.

Insensés et sans prudence
Que n'entendez-vous ma voix :
Quand sonnera la vengeance
Vous fléchirez sous le poids !...
Car vos ennemis sans nombre
S'ils sont tombés comme une ombre
c'est par la main du Seigneur.
Or, que les plus méchants mêmes
Sauvés de périls extrêmes
Attestent son bras vengeur.

Leurs raisins pleins de fiel et leurs grapes amères
Ne donneront qu'un vin amer, déterminé ;
Le poison des aspics, leurs venins délétères ;
Et du sang des dragons, le goût empoisonné.

De toutes ces circonstances
Je garde le souvenir
Réservant à mes vengeances
Le moyen de les punir,
Quant aux serviteurs fidèles
Je les couvre de mes ailes ;
Et miséricordieux,
Des captifs brisant les chaînes
Je ferai cesser leurs peines
Et leurs cachots odieux.

Mais alors le Seigneur d'une voix solennelle :
« Où, donc, sont vos faux dieux par vous tous si vantés ?
« Qu'ils montrent, aujourd'hui, leur bonté paternelle
« Qu'ils prouvent, par des faits, qu'ils vous ont assistés. »

Or, avouez ma puissance ;
Immolez sur mon autel,
Et n'ayez de préférence
Que pour le Dieu d'Israël.
Quand un chagrin vous désole
C'est moi, seul, qui vous console ;
Tous vos maux je les guéris ;
Et de ma main vengeresse
S'il faut frapper sans faiblesse
C'est aussi moi qui punis.

Si j'ai le glaive en main ; si je lance la foudre,
J'ai déjà consulté mon cœur, et l'équité,
Et quand mes ennemis seront réduits en poudre
C'est qu'ils auront lassés mon cœur et ma bonté.

Alors vous verrez l'épée
Enfoncée dans leur flanc,
Ne ressortir que trempée
Et rougie de leur sang.
Vous, pour rehausser ma gloire
Vous chanterez ma victoire
Sur mes ennemis vaincus,
Tous leurs chefs couverts de hontes
N'éprouver plus que m'écomptes
Rester captifs et confus.

A la gloire du Dieu qui fait tant de merveilles
Chantez, ô nations, chantez peuples divers !
Donnez à sa grandeur, et vos luths et vos veilles,
Que son nom soit béni dans ce vaste univers !

ODE

TIRÉE DU PSAUME CXIX.

Seigneur ! lorsqu'en ton sein j'exhalais mes tourments
Tu daignais accueillir mes pleurs et mes prières :
Mon Dieu, délivre-moi des langues mensongères
Dont médire et mentir sont les seuls aliments !

Langue du médisant !... Contagieux poison !
Quel remède opposer à ce maudit délire !
Est-il dard plus perçant que l'effet de médire !
Est-il feu plus brûlant plus terrible tison ?,..

Habitants de Cédar ! Ah ! quel exil affreux !...
Dois-je longtemps encor gémir dans vos murailles?
Cette crainte a toujours déchiré mes entrailles
Et consumé mes jours, comme un mal cancéreux.

Je n'ambitionnais quema tranquillité;
Qu'un paisible repos, dans mon humble existence
Leur fureur en retour de ma condescendance,
Ne suscitait en eux que leur iniquité.

ODE

Sois ma force et mon refuge.
Dieu puissant, terrible et fort !
Et toi, seul, devient le juge
Des tracassiers de mon sort.
O mon Dieu, vois ma tristesse !
Je ne puis trouver l'ivresse
Qu'en ton sein consolateur ;
Je rirai de leurs étreintes
Et je me croirai sans craintes
Si je t'ai pour protecteur,

Contre une mer en furie
Ecumant avec fracas ;
Si les monts de l'Helvétie
S'écroulaient avec fracas ;
Mon âme calme et sereine
De rien, ne serait en peine
Dieu ! m'étayant de ta main !
L'univers même en ruine
N'aurait rien qui me chagrine
Couvert de ton bras d'airain.

Un beau fleuve au doux murmure
Qui nous réjouit toujours
arrose d'une onde pure
Sa ville et ses alentours.

De ses brûlants tabernacles
Le Seigneur rend ses oracles
Et ses decrets souverains,
Cette demeure sacrée
Se trouve sanctifiée
Par l'ouvrage de ses mains.

Au milieu d'elle rayonne
Ce Dieu fort, majestueux,
Qui sans cesse l'Etançonne
De son bras victorieux.
Ces nations redoutables,
Ces armées formidables
Vains souffles contre son bras !
D'un signe lançant la foudre
Soudain sont réduits en poudre
Les plus puissants potentats.

Contemplez tous ces prodiges
Qu'il enfante de ses mains,
Son nom seul, par ses prestiges
Fait trembler tous les humains,
Dieu prendra notre défense
Il exigera vengeance
Par son bras triomphateur
Et toutes leurs javelines
N'offriront plus que ruines
Aux ennemis du Seigneur.

Accourez peuples avides
De voir ma Divinité
Que vos armes fratricides
Cèdent à ma volonté !

Je suis le Dieu de puissance
Toujours la vaine arrogance
Vient s'éclipser devant moi !
Que le juste persévère
Toute la terre révère
Mes préceptes et ma loi!...

ODE

TIRÉE DU PSAUME VIV

Dans tes tabernacles augustes
Quels mortels seront assez justes
Et dignes, un jour, d'habiter!
Seigneur sur ta montagne sainte
Qui de ses pas verra l'empreinte
Y trouver un recoin, un lieu pour s'abriter ?

Tu recevras toute âme pure
Entrant exempte de souillure
Par le sentier de l'équité
L'homme au cœur bon , et charitable;
Celui dont la bouche équitable
Aura dit constamment l'exacte vérité.

Ce sincère, qui par soi-même
Aura résolu le problème
De l'amour envers son prochain;
Qui d'une langue médisante
Et pour diffamer complaisante
Improuva le venin, et l'infâme refrain

Le dévoué dont le courage
Du méchant conjura l'orage
D'un bras vigoureux de géant,
Honorant, pourtant, la sagesse
de l'humble dont la douce ivresse
En dehors de son Dieu, ne trouvait que néant.

L'homme fidèle à sa parole
Qui prit, *probité*, pour symbole
Envers son ami malheureux
Mais abhorrant la vile usure ;
Ce poison d'une source impure
Qui ronge l'indigent, tel qu'un mal cancéreux.

Ce cœur toujours inébranlable
Qui croit tout don inacceptable
Au détriment d'un innocent.
Dans l'éternelle plénitude
De leur douce béatitude
Je vois Satan contre eux, à jamais impuissant.

ODE

TIRÉE DU PSAUME XLIX

Le Dieu, maître des Dieux, lui seul, le Dieu suprême
A ce vaste univers, vient enfin de parler :
De l'aurore, au couchant et Sion elle-même
De sa voix adorable ont dû s'émerveiller.

Il viendra notre Dieu, mais dans toute sa gloire :
(Un silence trompeur est-il digne de lui ?)
Environné de feux, sur un char de victoire,
La foudre et les éclairs lui serviront d'appui.

Que la terre et les cieux à sa voix redoutable
Étalent, à l'envi, leurs merveilles sans fins,
Pour prouver de ses saints, la candeur ineffable
Anges faites briller vos brûlants séraphins.

Les cieux annonceront l'heure de la sentence :
Ils diront aux mortels : Dieu vient sans transiger.
Peuple sois attentif !.... Israël fais silence !....
Moi seul, je suis ton Dieu ; seul je dois te juger.

Si je viens, aujourd'hui, tel qu'un juge sévère
Je ne regrette pas des sacrifices vains :
Et que seraient pour moi, quelques boucs et leur mère,
Quelques jeunes taureaux, immolés par vos mains ;

4

Je commande aux troupeaux qui paissent les montagnes
Aux nombreux animaux, habitants des forêts :
Aux oiseaux dans les cieux ; j'enrichis les campagnes.
De ce vaste univers, je connais les secrets.

Que valent à mes yeux, la chair de vos genisses ?
Le sang de quelques boucs ; celui de vos taureaux ?
Des louanges sans fins !.... tels sont les sacrifices
Plus chers à mon amour, que le sang des chevreaux.

Au moment du danger, que vos mains suppliantes
Se lèvent humblement et s'adressent à moi !
Je vous délivrerai des âmes turbulentes
Qui, sans mon fort appui, vous combleraient d'effroi.

Au pécheur : Dieu dira : que prôner mes préceptes
Et d'une bouche impure en expliquer le sens :
Si tu ne prêches pas d'exemple à tes adeptes
Si tes actes, pour moi, sont toujours offensants ?

Avec certains voleurs, vivant de connivence
L'adultère pour toi, ne connut point de frein.
Ta langue ne vomit que leurre et médisance
Avec un air benin, un visage serein.

Tu n'inventais jamais, qu'infâmes calomnies ;
Que discours médisants, contre un frère, un prochain
Je fus sourd et muet, à tant d'ignominies ;
Je maîtrisais l'effet de mon bras souverain.

Tu me supposais donc, n'être que ton semblable
Mais moi, pour t'accuser, je n'invoque que toi.
Je vais te dévoiler en juge inexorable
Ah ! misérable, crains, tout le poids de ma loi !

Vous tous, qui m'oubliez, écoutez ma sentence :
Et malheur à celui qui ne comprendra pas,
Honorez, louez-moi, de cœur avec constance.
Vous verrez votre Dieu qui vous tendra les bras,

ODE

TIRÉE DU PSAUME CXLIII.

Sois à jamais béni, seigneur, Dieu que j'adore !
Toi, qui pour l'action a préparé mon bras :
Toi, dont l'appui, pour moi, fut plus visible encore
Quand tu guidais ma main dans le fort des combats.

Dans ton sein, tout amour, je recherche un asile :
En toi seul, constamment, je trouve un protecteur :
Confiant et soumis, et tel qu'un fils docile
En toi j'ose espérer pour mon libérateur.

Que suis-je devant toi ?.... l'humble lueur d'une ombre....
Un souffle, du néant tiré par ton amour !....
Un peu de vanité !..., l'éclair dans la nuit sombre
Brillant même un instant, mais sans laisser le jour.

Seigneur, du haut des cieux où ta gloire t'élève
Sur moi, daigne jeter un regard de bonté.
Descends à mes soupirs, et prends en main le glaive
Renferme le superbe en son obscurité.

Qu'à ta voix, Dieu puissant, l'on entende la foudre
Tonner, avec fracas, sur ces vils orgueilleux !
Et que ton bras vengeur vienne réduire en poudre
(Percés de mille traits) ces hommes dangereux !

Daigne abaisser les cieux à ma voix suppliante ;
Descends, apporte moi tout l'appui de ta main !
Délivre moi des eaux ! par ta force puissante
Fais fuir loin d'ici l'étranger inhumain.

J'entends de toutes parts, leurs langues vaniteuses
Ne prôner que l'erreur, menteurs audacieux !....
Je vois commettre aussi par leurs mains frauduleuses
L'iniquité, le vol. des larcins odieux.

Je chanterai, Seigneur, dans un nouveau cantique
Sur ma lyre embrasée. un céleste hosanna !
Et ma harpe *empruntant* une voix angélique
Dira l'appui vainqueur que ton bras me donna.

Toi, qui fus de David l'espoir et l'espérance,
Toi, l'unique soutien et la force des rois,
Daigne, dans ta bonté m'accorder assistance
Et te laisser toucher par mon indigne voix.

Qu'ils tombent devant toi, ces étrangers perfides
Dont la bouche ne dit que sotte vanité !
Dissipe ces maudits dont les mains homicides
N'enfantèrent, jamais, qu'horreur, qu'iniquité.

Leurs filles et leurs fils par leur riche parure
De nos temples sacrés défient la splendeur :
Les immenses produits de leur agriculture
Prouvent de leurs celliers l'opulente grandeur.

L'on voit, de leurs brebis la nature féconde ;
Leurs bœufs, par dessus tous, l'engraisser à plaisirs:
Un génie caché favorise et seconde
De leurs impurs projets, jusqu'aux moindres désirs.

Leurs habitations, exemptes de ruines
Ne causèrent, jamais, aucuns désagréments.
L'ordre règne chez eux : leur sage discipline
Défend toutes clameurs dans leurs attroupements.

Tous se dirent alors : quelle heureuse abondance,
Quel peuple a-t-il, ailleurs, un sort plus envié ?
Quel peuple ?.... C'est celui dont la douce innocence
Aux volontés de Dieu, vit, par lui convié !

ODE

TIRÉE DU PSAUME XCIV

Epris d'une juste ivresse
Accourez , peuples divers :
De vos transports d'allégresse
Faites retentir les airs.
Chantez vos plus beaux cantiques :
Chantez des hymnes mystiques
En l'honneur de l'Eternel,
Et que l'âme qui soupire
Emprunte une chaste lyre
A l'un des fils d'Israël.

Ce Dieu transporte mon âme
Quand j'admire sa grandeur ;
Pour lui, mon amour s'enflamme
Si j'interroge mon cœur,
Quelle divine puissance ,
Quelle sublime ordonnance
Dans son front majestueux.
Semblable au chêne superbe
Eclipsant un vil brin d'herbe.
Il éclipse tous les Dieux.

Il dit : et sa voix enfante
L'immense empire des mers :
D'une parole puissante
Il a créé l'univers.
Il fait surgir des montagnes,
Les sources dont les campagnes
Arroseront leurs sillons ;
Les plus riantes vallées
Ont été, par lui, taillées
A couvert des tourbillons.

Devant sa gloire adorable
Accourons, prosternons-nous !
Devant ce Dieu redoutable
Fléchissons, tous, nos genoux !.
Qu'une vive exactitude
Prouve notre gratitude
A ce divin créateur ;
Et bien loin d'être rebelles
Marchons en brebis fidèles
Dans le sentier du Seigneur.

Quand sa voix se fait entendre
Il convie ses enfants,
Accourez sans plus attendre
Offrir vos cœurs triomphants.
Et n'imitez pas vos pères
Sur qui mes justes colères
Sont tombées à jamais.
Avec eux, je fis divorce,
Ils ont ressenti ma force
En dépit de leurs forfaits.

Mais cette maudite engeance
Ces criminels effrontés
Loin de craindre ma vengeance
Se riaient de mes bontés,
Après quarante ans de crimes
Ils méritent les abîmes
Où je dois les engloutir.
A ma voix toujours rebelles,
Dans des flammes éternelles
Je veux les anéantir.

ODE

TIRÉE DU PSAUME L.

Pitié, Seigneur, pitié!... dans ta miséricorde
Sur moi daigne jeter un regard de bonté !
Touché du repentir dont mon âme déborde
Efface tout témoin de mon iniquité.

Que mon iniquité par toi purifiée
Dans un profond oubli puisse enfin expirer :
D'un incessant remords l'âme terrifiée
Je sens un trouble, en moi, toujours me déchirer.

Contre toi, seulement, je commis des offenses :
Et toi seul, ô mon Dieu, toi seul, en fût témoin !
Mais lorsqu'arrivera le jour de tes vengeances
Pour te justifier en auras-tu besoin ?

C'est dans l'iniquité que me conçut ma mère ;
Oserais-je, Seigneur, te cacher ses péchés ?
Par ma sincérité j'ai fléchi ta colère
Et tu m'as révélé des mystères cachés.

Répands sur moi l'hysope ! et lave ! et purifie !
La neige, alors, sera moins blanche que mon cœur.
Des paroles d'amour caressant mon ouïe
Viendront me redonner la paix et le bonheur.

Détourne tes regards de mes fautes sans nombre
En moi, régénérant un cœur digne de toi :
De mes iniquités efface jusqu'à l'ombre
Qu'ainsi purifié je vive sous ta loi.

Permets que l'esprit saint m'enflamme et me ranime
Et ne me défends pas d'oser te regarder.
Rends la force et la joie au cœur pusillanime
Et qu'enfin ton esprit vienne, en moi, résider.

J'enseignerai ta voie à des âmes iniques ;
Les impies touchés, voudront se convertir.
Délivre moi, grand Dieu, de mes faits sataniques
Et ton nom, par ma voix, s'entendra retentir.

De te louer, Seigneur, ah ! mon âme soupire ;
Que je vois mon palais par ton doigt entrouvert !.
Un sacrifice impur n'obtient pas ton sourire
Car sans cela, vraiment, je te l'aurais offert.

Le repentir de l'âme est le vrai sacrifice
Que tu te plais, Seigneur, à recevoir de nous,
Une douleur sincère, exempte d'artifice
N'est jamais rejetée, implorant tes genoux.

Que ta grâce, ô mon Dieu, ta grâce tutelaire
Répande sur Sion, ton appui protecteur !..
Dans ta miséricorde appaise ta colère ;
Rends, à Jérusalem, ses murs et sa grandeur.

C'est alors, seulement, qu'agréables victimes
Des génisses, par nous, offertes sur l'autel
Tu les accepteras, comme étant légitimes ;
Comme offrande d'un fils à l'amour paternel.

ODE

TIRÉE DU PSAUME XLVI

———————

Epris d'une sainte ivresse
Et par vos accords touchants,
Dans des transports d'allégresse
Faites retentir vos chants.
Dans votre réjouissance
Peuples, chantez la puissance
Du maître des souverains !
Ces nations si terribles
Qui se croyaient invincibles
Sont bridées par ses mains.

Par un superbe héritage
Dieu surpasse nos souhaits,
Tel, avec sincère hommage
Jacob reçut ses bienfaits.
Le peuple dans son délire
En acclamant son empire
Promenait ses étendards ;
Et la trompette éclatante
Dans sa marche triomohante
L'annonçait à nos regards.

Chantez sa gloire adorable :
Chantez, et chantez toujours.
Au Dieu grand, incomparable
Vouez vos humbles amours,
Ce Dieu, maître de la terre
Dirige, seul, le tonnerre ;
Et selon sa volonté :
Il est assis sur un trône
Que la splendeur environne
D'une immense majesté.

Les princes de ce bas monde
Que seront-ils devant lui,
Si dans sa grâce féconde
Ils ne puisent leur appui ?
En face de sa puissance
Ils ne sont que défaillance
Que de bien faibles roseaux ;
Contre ce chêne superbe
Ils ne sont que des brins d'herbe
Eclipsés par ses rameaux.

ODE

TIRÉE DU PSAUME. XLVII.

———

Le Seigneur, par sa puissance
Peut étonner l'univers.
Qu'on le loue et qu'on l'encense
Chez mille peuples divers !
Toi Sion, chante victoire !
Par des hymnes à sa gloire
Fais retentir ta cité ;
Et sur ta montagne Sainte
Prône et publie sans crainte
Sa louange et sa bonté ?

Sacré mont de Sion !.. ah ! mon âme s'enivre
Quand je pense que Dieu jeta tes fondements !..
Dans tes remparts bénis, que j'aimerais à vivre
Ils *possèdent le Roi, Maître des Éléments* ;
Roi, dont le bras puissant nous venge et nous délivre
Roi, qui nous éblouit par ses beaux monuments.

Contre tes saintes murailles
Mille Rois s'étaient ligués :
Mais plus fort que leurs batailles
Dieu les a tous subjugués.

Tel, Neptune en son Empire
De Tarse brise un navire
Par un temps impétueux :
Tel, le Dieu, grand invincible
Brisa leur fureur terrible
Leurs desseins présomptueux.

Ce qui brille à nos yeux, ou frappe notre ouïe
Tout atteste de Dieu, l'ouvrage souverain ;
Ville prédestinée ! ô Sion si chérie
En toi, je reconnais son amour et sa main.
Dieu t'assure à jamais, malgré haine et furie
Jusqu'à la fin des temps d'un nouveau lendemain.

Aux pieds de tes tabernacles
Adorant ta sainteté.
Par la voix de tes oracles
Tu nous montres ta bonté.
Quand l'aurore à la lumière
Ouvrant sa belle carrière
Vient éblouir nos regards,
Ton nom semblable au tonnerre
Jusques au bout de la terre
Retentit de toutes parts.

Exalte-toi, Sion, dans des chants d'allégresse
Vous, filles de Juda, prônez ses jugements.
Cette bonté pour vous, doit combler votre ivresse ;
Admirez de Sion, les Embellissements !...
Contemplez de ses tours, la force vengeresse,
Donnez à ces grandeurs, vos applaudissements.

En sa main toute puissante
Vous qui placez votre espoir.
De sa vengeance éclatante
Dites partout le pouvoir.
Ce Dieu seul est votre égide
Votre vrai Dieu, votre guide
Votre force, votre appui.
Ses siècles dont il dispense
Malgré leur durée immense
S'éclipseront devant lui.

ODE

TIRÉE DU PSAUME XLVIII

Qu'à l'écho de mes chants, l'univers retentisse !
Qu'à mon divin transport chacun se réunisse !
Puissants, petits et grands, peuples accourez tous !
Grâves et attentifs, à ma voix taisez-vous !
D'une langue de feu , l'étincelle embrasée
Surexcite en ce jour mon âme électrisée !
La grâce du Très-Haut vient de toucher mon cœur
Ma harpe va chanter sa gloire et sa grandeur.

Malgré tous leurs pouvoirs, les princes de la terre
Ne sauraient éviter l'effet de son tonnerre ;
En vain contre son bras, ils cherchent un appui,
Fortune, honneurs, pouvoirs, s'éclipsent devant lui !
Que vais-je devenir, au jour de la vengeance,
De mes égarements s'il veut punir l'offense ?
Du Seigneur offensé, pour calmer la rigueur
Un frère est impuissant contre son bras vengeur.

Croit-il qu'il suffirait, dans ce moment terrible
D'une promesse vaine et sans effet possible ?
Non : l'arrêt prononcé fut un arrêt de mort
Qui pour l'éternité décida de son sort,

5

Le juste se tient prêt : la mort inexorable
Laissant planer snr lui, son heure impénétrable
Ces immenses trésors, cette vaine grandeur
S'envolent en fumée, en cet instant d'horreur.

Quand l'airain sonnera le sort qui leur incombe
Sur ce lit sans reveil, que je nomme la tombe,
D'avides étrangers du lointain accourus
Devront, seuls, profiter de leurs biens superflus.
Tous ces noms si pompeux, ces vains titres de gloire,
A peine survivront, témoins de leur mémoire.
Pareils, pendant leur vie, aux brutes sans raison
S'ils n'ont pas su prévoir cette terminaison.

Tel l'impie engagé dans le sentier du vice
Marche, sans s'effrayer, au bord d'un précipice :
Ce désordre effréné qu'il aime à caresser
En dépit du scandale , il ne veut le cesser.
La mort tenant en main une faux redoutable
Tel, que quelques brebis, le fauche, inexorable
Dans des brasiers ardents, à jamais allumés
Ses membres brûleront sans être consumés.

Mon âme que soutient sa grâce tutélaire
Bénira du Seigneur l'esprit saint qui m'éclaire.
Que sont, au lit de mort, tout cet or, tout ce bien !
De ces vaines grandeurs, justes, ne craignez rien !
L'impie est condamné : qu'on l'oublie et qu'il meure
Un sépulcre ignoré deviendra sa demeure ;
Des ténèbres sans fin le priveront du jour :
Pour des brutes sans foi, Dieu n'a point de séjour.

LA NUIT DE NOEL

Gloria in Excelsis Deo ! ! !

Quels sont ces riches cantiques,
Tous ces concerts ravissants?
Ces douces voix angéliques
Qui réjouissent mes sens?
Comment contenir l'ivresse
Qui m'enflamme et qui me presse
A ces sublimes accords?
Accourez saintes phalanges,
Chœurs célestes, tous les anges
M'inspirer de vos transports!...

Je vois briller les étoiles;
Je vois les cieux entrouverts;
La nuit déchire ses voiles,
Tout brille dans l'univers,
J'entends les saintes milices
S'enivrer dans les délices
De leur céleste séjour.
Et du haut de son Empire
L'Éternel par un sourire
Va nous prouver son amour.

Ce beau firmament lui-même
S'embrase de mille feux :
Un superbe diadème
Parait naître dans les cieux.
Et dans la magnificence
de cette réjouissance
L'archange : AVE MARIA !..:
Soudain d'une voix sonore
Relentit d'un météore
IN EXCELSIS GLORIA !

» O moment solennel !.. le prodige s'opère !,.
» Mortels, accourez tous apprendre le mystère !
» La Vierge immaculée, ange de son amour,
» A votre rédempteur vient de donner le jour,
» Dieu le père a voulu, fidèle à sa promesse,
» Désarmer la rigueur de sa main vengeresse.
» Qu'à ma voix l'annonçant dans ce vaste univers
» Son fils soit acclamé de mille chants divers.
» Nuit d'un jour solennel de triomphe et de gloire
» Où sur Satan vaincu les cieux chantent victoire.
» Suivez !.,. l'astre brillant qui file sous les cieux
» Guidera vers l'enfant vos pas *judicieux* :
» Des anges imitant les concerts angéliques
» Mortels, mêlez vos chants à nos divins cantiques!!..
» Dans son humilité contemplez sa grandeur
» Plus grand et plus puissant qu'un roi dans sa splendeur.
» L'enfant que vous verrez, couché sur quelques pailles
» Est le Dieu, dont le doigt dirige les batailles,
« Puissants et potentats, peuples accourez tous,
« Devant le roi des rois fléchissez les genoux !..

Cette voix majestueuse,
Ces accents mélodieux :
L'étoile miraculeuse
Qui se montre à tous les yeux :
L'Eternel tient sa promesse !
Chacun partage l'ivresse
Dont retentissent les airs.
Du bout des deux hémisphères
L'on n'entend plus que prières,
Plus que sublimes concerts.

Gloire, gloire soit rendue
A toi, père des humains.
De la grâce inattendue
Que nous prodiguent tes mains !
Puisse à ta voix paternelle
Toute haine fraternelle
Finir, s'éteindre à jamais :
Ordonne aux hommes sur terre
De vivre comme un seul frère
Dans l'amour et dans la paix.

Seigneur, ta gloire ineffable
Etonne tout l'univers :
Ton nom, ce nom adorable
Retentit jusqu'aux déserts.
Grand Dieu ! jadis ton prophète
Nous prédisait cette fête
Et cet enfant merveilleux,
Epris d'une sainte ivresse
Nous volons avec prestesse
Suivant l'astre lumineux.

De sa lumière éclatante
De ses feux étincelants,
Cette étoile flamboyante
Guide mes pas chancelants,
J'arrivais *au Riche Etable*
Où, cet enfant adorable
Dormait d'un air triomphant.
Je fus pris d'un saint vertige
En admirant le prodige
De deux souffles l'échauffant.

J'adorais *sur quelques pailles*
Malgré glaces et frimats
Le Dieu maître des batailles
Potentat des potentats,
Né depuis une seconde
Déjà plus grand que le monde
Plus puissant que tous les Rois.
Daigne sourire à l'audace
De ces quelques vers de glace
Qu'ose te chanter ma voix !

Tu viens racheter mon crime
Me délivrer de la mort
Toi, l'innocente victime
Tu veux partager mon tort.
Enfant, roi dès ton aurore
Enfant, le Dieu que j'adore ;
Enfant, notre rédempteur,
Tu viens nous rendre l'empire
Qu'un père dans le délire
Perdit de son créateur.

Mais toute la terre entière
S'extasie en ce beau jour.
Le lion dans sa tanière
A convié le vautour.
L'épervier et la fauvette,
La souris et la belette
Se nourrissent en commun
Le serpent et la calandre
Qui ne pouvaient se comprendre
Trouvent ce jour opportun,

J'admirais une bergère
Qui dormait paisiblement
Couchée sur la fougère
Se réveiller vivement.
Quelle ne fut sa surprise -
Car loin d'être compromise.
Le loup portait son chapeau ?
Brebis, agneaux sont en danse,
Le loup flûtant la cadence
Dansait avec le troupeau.

Dans les mers, dans les rivières.
Les filets ne prennent pas.
Les lièvres, sur les clairières
Viennent prendre leurs ébats.
Tous les oiseaux domestiques
Par des chants doux et mystiques
Disent le divin Sauveur.
L'écho l'annonce aux vallées ;
Les morts dans leurs mausolées
Acclament le rédempteur,

Malgré frimats, et tempêtes
L'amandier donne des fleurs.
Toutes les plantes ed fêtes
Se parent de leurs verdeurs.
Cet arbre qui dans la Chine
Jadis prit son origine
Se couvre de pommes d'or ;
Violettes , amaranthes
De leurs feuilles odorantes
Nous prodiguent le trésor.

Tout concourt dans la nature
A la grandeur de ce jour.
Dans sa modeste parure
Le Berger parle d'amour.
Chacun se réconcilie
Pour acclamer de Marie
Le sein si prédestiné ;
Les peuples, par leurs louanges
Semblent disputer aux Anges
En l'honneur du nouveau né.

ODE

TIRÉE DU PSAUME CXLVIII

Du Royaume des cieux, habitants bien heureux,
O vous tous, purs esprits ; vous célestes phalanges
Chantez à votre Dieu, d'éternelles louanges !...
Elevez vos concerts même au dessus des cieux !

D'innombrables vertus , comblés par sa bonté
Anges que Dieu créa par sa grâce ineffable ,
Chantez, avec transports, cette source adorable
Cette source d'amour et de félicité !

Soleil, toi, dont l'éclat reflette sa splendeur ;
De ce beau firmament étoiles radieuses ;
Lune , qui nous répands des clartés merveilleuses
Lumière ! tous en chœur chantez le créateur.

Cieux des des Cieux ; tous en corps, unissez vos concerts.
Vous tous qui dominez les célestes domaines :
Sources , vous dont les eaux produisent nos fontaines.
Louez le Dieu puissant qui créa l'univers.

Le Seigneur a parlé : tout se tait à sa voix ;
D'un signe révelant sa volonté puissante !
Cet immense Univers que d'un mot il enfante
Pendant l'Eternité devra suivre ses lois.

Créatures sans noms ; baleines et dragons :
Vous neiges dout les monts ont couronné leurs cimes
Cèdres, arbres fruitiers, vous gouffres et abimes
Tempêtes, tourbillons, collines et vallons ;

Animaux !... des déserts farouches habitants ;
Et vous dans les forêts innombrables reptiles ;
Troupeaux multipliés ; oiseaux et volatiles
Chantez l'hymne d'amour de vos cœurs palpitants.

Juges de tous pays : princes et potentats
Vous tenez de ce Dieu, peuples et diadèmes :
Tremblez de son courroux, craignez ses anathèmes
Faites-le respecter en vos vastes états.

Jeunes filles, enfants, epouses et vieillards ;
Mêlez aussi vos chants, ô vous tous, jeunes hommes ;
Et dans un même esprit, chantons tant que nous sommes,
Un seul rayon de Dieu fait baisser nos regards !

De l'eclat de sa gloire il éblouit les saints ;
Des habitants des cieux, que les voix séraphiques
Aux bardes d'Israël unissent leurs cantiques
Pour chanter du Tsès-Haut les merveilles sans fins.

ODE

_____

LE JUGEMEMT DERNIER

_____

Par des crimes sans fin , éprouvant ma constance,
Quand tu crûs m'ébranler dans ma persévérance.
Dans le sein de mon Dieu , j'exhalais mes douleurs
Léon !... tu restais sourd à la voix de ton âme ,
Et loin de te calmer, tu suxcitais ta flamme
    Trop enhardi par mes malheurs ! •

Plus tu te prévalais de ma douceur craintive
Et plus tu poursuivais la même tentative ,
Plus vers Dieu j'élevais mes regards suppliants!..
Malhenreux ! croyais-tu le seigneur sans vengeance ,
Insensible aux forfaits de celui qui l'offense,
    Ou qu'il délaisse ses enfants !...

Ce Dieu que tu tournais en sotte raillerie
Qui fut, toujours, l'objet de ta plaisanterie
Lui-même, coutre toi, deviendra mon vengeur ;
Il n'écoutera plus ni soupir, ni prière ,
Ni ton hymne tardif ; ni l'amour adultère
    D'un hypocrite louangeur.

Mais que vois-je, grand Dieu, car la foi m'illumine !..
Je vois les éléments courir à leur ruine,
Et les cieux embrasés d'une vive clarté.
A mes yeux effrayés, quels présages sinistres !
Quels signes dans les airs ?... Les Anges tes ministres
      Qui volent dans l'immensité

L'univers est en feu ; les montagnes s'écroulent
La mer gronde et frémit, les rivières s'écoulent ;
J'entends les océans mugir avec fracas;
Je vois tous les tombeaux qui s'entr'ouvent d'eux-mêmes.
Et déjà des splendeurs de tous les diadèmes
      Il ne reste que l'embarras.

L'ouragan déchaîné !.. des éclairs, des orages ;
Les vents impétueux agitant les nuages ;
Les cieux semblent s'ouvrir ; ô moment solennel!
Le tonnerre grondant de sa voix effrayante ;
Aux vivants et aux morts, la trompette éclatante
      Partout annonce l'éternel.

Un chœur de de chérubins, humblement le dévance
En chantant son amour, et sa toute puissance ;
L'Eternel est assis sur un char glorieux,
Mille rayons ardents, nous voilent son empire ;
Mais un signe a suffi ; le voile se déchire
      Et Dieu se découvre à nos yeux.

La foudre est à ses pieds ; ses ministres fidèles
Contemplent, à l'envi, *ses gloires éternelles*
Et tous les séraphins l'adorent, prosternés.
Il élève son doigt ; l'on n'entend plus la foudre
Les monts n'existent plus; l'univers est en poudre
      Et les pécheurs sont consternés.

Dieu l'ordonne ; et les morts sortent de leur poussière
Ils quittent, frémissant, leurs caveaux et leur bière.
Courant , de toutes-parts, avec confusion
Ils cherchent où cacher leurs remords et leurs crimes,
Les justes confiant en leurs vœux légitimes
    Espèrent leur rédemption.

Tous les mortels debout dans un morne silence
Voudraient, déja, prévoir la suprême sentence,
Mais l'Eternel penché sur son livre de mort ,
Sur chacun des feuillets jette un coup d'œil rapide
Le coupable attéré , le juste plus avide
    Attentifs , épient leur sort.

Les éléments, soumis, à sa voix se confondent.
Les coupables honteux, en frémissant répondent ,
Des grincements de dents, l'horreur, l'effroi, les pleurs.
Combien craignent, déjà, l'arrêt qui leur incombe
Mais où donc se cacher sans nul caveau, ni tombe
    Pour les justes, ni les pêcheurs.

O vous, que dès longtemps ménageait mon tonnerre
Vous, qui me délaissiez, opulents sur la terre
Approchez, à l'instant, de vos cercueils épars !
Anges de mes desseins, ma troupe vengeresse
Concentrez, devant moi, cette horde perverse
    Rassemblez-les de toutes parts.

Fiers administrateurs de certains grands Empires
Des deniers de l'État vous fûtes les vampires,
Le faste, les cancans, les bals, les diamants
Étalaient, à l'envi, l'orgueil et l'indécence ?
En face du besoin redoublant d'arrogance
    Vous méritez tous les tourments.

Vous qui de la justice avez souillé le temple,
A votre tour, cruels, vous servirez d'exemple ;
Sous le nom de justice opprimant le malheur.
Au plus riche en vendant votre saint ministère
De l'indigent, en pleurs, aggravant la misère
   Vous n'enfantiez que la douleur·

Venez vous expliquer, *parlant à sa personne* !
A votre nom maudit, l'humanité frissonne.
Anges, examinez ces fiers tabellions !...
Cette épouse sans foi ; cette maudite mère
Pleure tardivement le fruit de l'adultère,
   Ses crimes et ses passions.

Approchez vous, crésus, dont les vaines richesses
Ne connurent, jamais, l'effet de vos largesses.
A quoi vous serviront ces trésors supperflus ?
Lazare, vainement implorait assistance
Et devant vos dédains découvrait sa souffrance
   Vous le rejetiez tout confus.

Usuriers de tous rangs, cette lèpre terrible
Pressurant l'indigent, d'une manière horrible :
Ces fils dénaturés ; cet infidèle époux
Ce guerrier qui trahit sur un champ de bataille,
Ce faux témoin vendu ; cette vile canaille
   Que tous éprouvent mon courroux !.,.

Vous, dont l'extérieur voilait l'hypocrisie
Qui le fiel dans le cœur, n'étaliez qu'ambroisie.
Vous ministres d'un Dieu né dans la pauvreté,
Ceux dont la charité, cette fille céleste
N'obtenait rien de vous. pas même votre reste
   Pleurez votre cupidité.

Nérons de tout pays ; Attilas moscovites ,
Contre un peuple martyr, vous et vos satellites
Sans jamais consumer, attisez tous mes feux !..
Etienne de Hongrie ; et toi Louis de France
Vos vertus ont toujours fait pencher ma balance
     Venez : je vous bénis tous deux !...

D'une verge de fer, anges inexorables,
Armez vous !. extirpez cet amas de coupables;
A ma gauche. assemblez tous ces vils criminels !..
De l'enfer, à jamais, qu'ils peuplent les tanières
Précipitez les tous, malgré pleurs et prières
     Au milieu des feux Éternels.

Barrot, donnez la main à cette villageoise
Vous avez ennobli votre robe par Doize ;
De l'innocente, seul, vous futes le soutien !...
Victime de l'erreur, et non point homicide
Renosi, triomphant, présente Bedarride
     Car je l'admets tel qu'un chrétien.

Aux vierges qui malgré leur sèxe et sa faiblesse
Usaient leur existence au chevet de tristesse,
Chérubins, ouvrez leur portique d'honneur !
Vous, qui portiez ma croix chez des peuples Tartares
En bravant le martyre, et cents climats barbares.
     Pour vous est-il trop de bonheur ?

L'indigent s'affamait du pain d'intelligence,
Le premier de la salle a calmé sa souffrance :
Fénélon instruisant les princes et les Rois.
Silvio, ce martyr d'un délire implacable
Entrez avec Vincent, cet ange charitable
     De l'enfance, épousant les droits.

Ministres des autels , partageant mon calice
Lorsque je m'immolais au très-saint sacrifice ;
Aux humbles qui toujours courbèrent sous mes lois.
Des sept cieux à la fois, qu'on ouvre les portiques !..
Entrez, continuez mes éternels cantiques
   Aux premiers accents de ma voix !

   A cette voix consolante
Les justes triomphants, se lèvent réjouis.
   Déjà sa magnificence ,
Sa gloire, sa splendeur, les ont tous éblouis.
   Sur un signe de sa tête
   L'ange sonne la trompette.

L'Eternel dévoilant toute sa majesté
   Les précède avec sourire
   Et les admet dans l'Empire
Des délices sans fin , de l'immortalité,

www.ingramcontent.com/pod-product-compliance
Lightning Source LLC
Chambersburg PA
CBHW060454260626
47161CB00005B/2105